ERRORES LONGI ULIXIS
PARS II

FABULAE EPICAE, VOL. III

D1218089

BRIAN GRONEWOLLER

ILLUSTRATED
BY
PARKER GRONEWOLLER

SIMPLICIANUS
· PRESS ·

Published by Simplicianus Press
Dacula, GA
www.simplicianuspress.com

Library of Congress Control Number: 2021906588

ISBN: 978-1-73-678594-2 (Paperback Edition)

ISBN: 978-1-73-678595-9 (Electronic Book Edition)

Cover Art and Illustrations
by Parker Gronewoller

First Edition: 2022

familiae meae carissimae

et

discipulis meis curiosissimis

Contents

ERRŌRĒS LONGĪ ULIXIS, PARS I

Preface & Acknowledgments

This story is the second of three novellas which reimagine Homer's *Odyssey* for beginning readers of Latin. It is thus a reimagining of the second half of Odysseus's long journey home from the Trojan War. While it draws upon Homer's *Odyssey*, it is not restricted by that text. Rather, while constructing this narrative, I have been guided at every point by the goal of making the text comprehensible and compelling for beginning readers of Latin.

I have thus employed five principles to achieve this goal. First, while I have tried to stay within the bounds of good Latinitas, I have often employed word order similar to that of modern English in order to make the meaning more readily apparent to the reader. I have also used a moderate amount of repetition in order to provide readers with multiple exposures to a word or phrase while still advancing the plot.

Second, I have kept most of my sentences short so that beginner-level readers today, like those in ancient Rome, can gain confidence with the language as they prepare to face the complex sentences common to the texts of highly skilled orators such as Cicero and Augustine.

Third, I have sheltered the vocabulary and glossed several words within the text so that beginner-level readers can read without constantly turning to the index. I have not, however, sheltered grammatical elements. Rather, I have employed whatever word or phrase is most communicative and vivid at the moment. The grammar does not, therefore, become more complex as the reader advances.

The sheltered vocabulary of this novella builds upon the core vocabulary from *Errores Ulixis, Pars I*. Several words and phrases, therefore, should be familiar. I have also consulted Pharr's General Word List for Vergil's *Aeneid* as well as particular passages from the text—some, but not all, of which are mentioned in the footnotes. Readers can thus prepare to engage Vergil's epic as they enjoy this story.

Fourth, since Latin poetry often requires a skill level and vocabulary beyond that of the beginner-level reader, I have not rendered any of the songs in this book in Latin meter. To my friends who are lovers of dactyls and iambs, I offer my sincere apologies.

Fifth, and finally, I have simplified and changed certain details of the narrative. The timeline, for example, only moves from the present into the future. The number of characters has also been reduced. For example, readers of Part I will have already noticed that Apollo does not appear in this reimagining of the story.

For those familiar with my academic publications, this novella was written for a different audience. It is a tool for readers who are growing in their comprehension of Latin. Every aspect of this text has been accommodated to that purpose.

In closing, I would like to thank several people whose participation in this project has greatly improved it. Thank you first to my 2020–21 Latin II students and my 2021–22 Latin III and Latin IV students from Hebron Christian Academy (Dacula, GA). Their feedback on earlier versions of this text was invaluable and our interactions in class influenced the final form of this novella in several ways.

Thank you also to my colleagues, Andrew Olimpi and Daniel Bennett. Andrew was the first to encourage me to write Latin novellas, and he has taught me a great deal about the craft of writing and teaching Latin in a comprehensible manner. He has also taught me more than I would have ever expected about the psychology and design of board games. Daniel has been a wonderful addition to our team at HCA this year and has already taught me a great deal about archaeology and classical antiquity. They both gave me very helpful feedback on earlier drafts of this novella. And, as always, they both teach me a great deal about Latin as we endeavor together to become skillful speakers of the language. I am grateful for our community.

I would also like to thank Maria Giuliana Fenech, Seumas Macdonald, and Kay Reyes. Each gave freely of their time and expertise to make several improvements to this novella's vocabulary, phrasings, and structure. Any errors or mistakes that you find herein are, of course, my own.

An additional debt of thanks needs to be repaid to this book's amazing illustrator, Parker Gronewoller. This novella and the previous one have been greatly improved by Parker's thoughtfulness and skill. She has a keen talent for depicting personality and emotion through physical images, and it is apparent throughout the book—especially in her depictions of Elpenor! She also had several creative ideas which greatly enhanced the Odysseus novellas, such as using a baseball card structure for the introductory pictures of main characters. Our weekly work sessions over coffee were a joy as she exhibited a high level of professionalism combined with a quick wit and a passion for her craft. And we spent a great deal of time laughing about Helios, zombie cows, and Elpenor the dancing pig. (I hope that, someday, she will forgive me for following Homer's storyline for Elpenor in this novella.) It has been one of the great pleasures of my life to work with her on this project.

Finally, thank you to my entire family—Morgan, Peyton, the aforementioned Parker, and Taylor—for the time that you have given me for writing as well as the joy that you bring when we are all together. I love you all and enjoy walking through life with each one of you!

Atlanta
January 2022

How to Use This Book

INDIVIDUAL READERS

Individuals can improve their Latin by reading this book for pleasure at their own pace. Readers can comprehend and enjoy the text on their own by means of the generous number of words and phrases that are glossed throughout the text and the index of all word forms and phrases located in the back matter. This text is best suited for beginner students who have some familiarity with Latin. It also builds upon the vocabulary from the first part of this story, *Errores Longi Ulixis, Pars I*.

GRAMMAR AND TRANSLATION LATIN CLASSES

In grammar and translation Latin classes (e.g., *Wheelock's Latin*) this book can be used in two ways. First, it can be given to students as a supplement to increase their speed and proficiency with Latin. Additionally, the text can be used in the classroom to present students with a variety of forms and grammatical concepts within a limited range of vocabulary. The frequent glosses and exhaustive index will make clear the meaning of grammatical concepts and forms that have not yet been covered in the course curriculum.

Suggested Level: Latin I (second semester) or Latin II

COMMUNICATIVE LATIN CLASSES

This book can be used several different ways in fully and partially communicative Latin classes (e.g., TPRS/CI, *Lingua Latina*, or The Cambridge Latin Course). The following are three uses often employed in such classrooms. First, in classrooms that incorporate Free Voluntary Reading (FVR), several copies can be included in the class library for students to select and read at their own pace. Second, teachers can use various activities to frontload vocabulary before having the students read the text on their own. In this case, students are led through activities that are unrelated to the book but use targeted vocabulary so that students are then prepared to read the next chapter or section of the book with limited reference to L1. Third, teachers can verbally lead the entire class through a chapter or section of the text. In these latter two options creative reading and post-reading activities—such as students performing a chapter as a reader's theater or the class collectively writing a Latin paragraph describing what will happen next in the story—are often used in order to further the process of imprinting the language onto students' minds.

Suggested Level: Latin II

PARS
SECUNDA

PROLOGUS

Pēnelopē et Tēlemachus

ecce Pēnelopē!

Pēnelopē uxor Ulixis est. ūndecim annōs Pēnelopē nōn vidēbat Ulixem. ūndecim annōs Pēnelopē, sine Ulixe, in Ithacā habitābat. ūndecim annōs Ulixēs ab Ithacā aberat.

Pēnelopē et Ulixēs fīlium habent. nōmen fīliō Tēlemachus est.

1

ecce Tēlemachus!

Tēlemachus **duodecim annōs nātus est.**[1]

abhinc[2] ūndecim annōs Ulixēs in Ithacā erat. abhinc ūndecim annōs **tōta**[3] familia in Ithacā erat.

---

[1] duodecim annōs nātus est: *twelve years old*
[2] abhinc: *from here; ago (i.e., eleven years ago)*
[3] tōta: *whole; entire*

ecce familia!

abhinc ūndecim annōs Ulixēs laetus erat. abhinc ūndecim annōs Pēnelopē laeta erat. abhinc ūndecim annōs Tēlemachus īnfāns laetus erat. abhinc ūndecim annōs tōta familia laeta erat.

deinde abhinc ūndecim annōs Ulixēs ad Trōiam nāvigāvit **ad Trōiam vincendam.**[4]

Tēlemachus: "māter, ubi pater est? abhinc ūnum annum pater et Graecī vīcērunt Trōiam."

Pēnelopē: "nesciō, mī fīlī."

---

[4] ad Trōiam vincendam: *for conquering Troy (i.e., in order to conquer [the city of] Troy)*

Tēlemachus: "māter, cūr pater ad Ithacam nōn **redīvit?**"[5]

Pēnelopē: "nesciō, mī fīlī."

Tēlemachus: "sed, māter, multī aliī Graecī ad Graeciam redīvērunt. Nestor ad Graeciam redīvit. Agamemnōn ad Graeciam redīvit. et Menelāus et Helena ad Graeciam redīvērunt. cūr pater **nōbīs**[6] nōn redīvit?"

Pēnelopē flet. deinde Pēnelopē respondit, "nesciō, mī fīlī."

---

[5] redīvit: *returned*
[6] nōbīs: *to us*

4

Tēlemachus: "māter . . . pater nōs nōn amat?"

Pēnelopē, flēns, nihil respondet.

longum silentium est.

Tēlemachus: "māter, est**ne**[7] pater mortuus?"

---

[7] –ne: ? (estne: *is...?*)

CAPITULUM I

Mercurius

Ulixēs currit. Ulixēs **ad aulam deae**[1] currit. Ulixēs ad aulam deae currit quia sociī porcī sunt. cūr sociī Ulixis porcī sunt? quia **illī**[2] in porcōs ā deā **mūtātī sunt.**[3]

Ulixēs ad aulam deae currit **ad** sociōs **adiuvandōs.**[4] mox Ulixēs aulam deae videt.

ecce aula deae!

---

[1] ad aulam deae: *to the palace of the goddess*
[2] illī: *those (men) (i.e., they)*
[3] mūtātī sunt: *they were changed*
[4] ad _____ adiuvandos: *for helping _____ (i.e., in order to help _____)*

7

subitō **extrā**[5] aulam deus Mercurius appāret.

ecce Mercurius!

Mercurius deus et **nūntius deōrum**[6] est.

Ulixēs videt Mercurium. vidēns Mercurium, Ulixēs **mīrātur**[7] Mercurium quia deus est.

Mercurius: "salvē, Ulixēs!"

Ulixēs: "Mercurī! salvē! cūr tū in Monte Olympō nōn es?"

---

[5] extrā: *outside*
[6] nūntius deōrum: *the messenger of the gods*
[7] mīrātur: *is amazed at; is astonished by*

Mercurius: "quia dea Minerva mē ad tē **mīsit.**"[8]

Ulixēs: "Minerva? cūr Minerva tē ad mē mīsit?"

Mercurius: "Minerva vult mē adiuvāre tē."

Ulixēs: "quōmodo?"

Mercurius: "Ulixēs, **quō tū īs?**"[9]

Ulixēs: "ego ad aulam deae eō."

Mercurius: "et . . . quid nōmen deae est?"

Ulixēs: "nesciō."

Mercurius: "et estne dea, sīcut Minerva, an **nympha?**"[10]

Ulixēs: "nesciō."

Mercurius: "nympha est. et quōmodo nympha **vincenda sit?**"[11]

---

[8] mīsit: *sent*
[9] quō tū īs: *where are you going?*
[10] nympha: *a nymph; a minor/lesser goddess*
[11] vincenda sit: *should (she) be overcome?*

Ulixēs: "fortasse . . . āh . . . nesciō. quōmodo nympha vincenda sit?"

Mercurius: "nympha fortis est! nōmen
nymphae est Circē. cave, Ulixēs! **cave nē**[12]
Circē quoque tē in porcum mūtet! audī cōnsilium meum."

diū Mercurius dīcit. diū Ulixēs cōnsilium
Mercuriī audit.

mox Mercurius **medicāmentum**[13] ē terrā
ēripit.[14] Mercurius medicāmentum Ulixī dat.

---

[12] cave nē: *beware lest (i.e., take care so that _____ does
not happen)*

[13] medicāmentum: *drug; remedy* (LS lists this as
a synonym to φάρμακον, which is the word used in
Homer, *Odyssey* 10.302.)

[14] ēripit: *tears out*

statim Ulixēs medicāmentum comedit.

deinde Mercurius ad Montem Olympum redit. medicāmentō comēsō, Ulixēs in aulam Circēs it.

CAPITULUM II

Circē

in aulā nympha pulchra, nōmine Circē, est.

ecce Circē!

nympha, vidēns Ulixem, dīcit, "salvē! **venī! cōnsīde!**[1]"

---

[1] venī! cōnsīde!: *come! sit down!*

Ulixēs **callidus**[2], nihil respondēns, in sellam cōnsīdit.

deinde Circē pōtiōnem Ulixī dat.

Circē: "**bibe**[3] pōtiōnem! pōtiō bona est!"

Ulixēs callidus, spectāns Circēn, pōtiōnem bibit. Circē **virgam**[4] tollit. deinde Circē **cantat:**[5]

"tū corpus hominis habēs,
sed nunc tū corpus porcī habēbis!"[6]

---

[2] callidus: *clever*

[3] bibe: *drink!*

[4] virgam: *wand*

[5] cantat: *chants; sings*

[6] Since the vocabulary in this text is limited in order to make it comprehensible to beginner-level and intermediate-level readers, and since additional words are often required for lines of poetry to follow the rules of Latin meter, the songs in this text are not written as any type of meter.

Ulixēs **autem**[7] corpus porcī nōn habet. Ulixēs corpus virī habet. Ulixēs **subrīdet.**[8] Circē cōnfūsa est.

Circē, virgam tollēns, iterum cantat:

*"tū corpus hominis habēs,
sed NUNC tū corpus PORCĪ habēbis!"*

sed Ulixēs corpus virī habet. Ulixēs, subrīdēns, dīcit, "ecce, nympha! ego nōn sum porcus. ego vir sum."

---

[7] autem: *however*
[8] subrīdet: *smiles*

15

Circē: "quid? quid **ēvenit?**[9] cūr tū porcus nōn es?

Circē iterum virgam tollit. subitō autem Ulixēs gladium tollit. Ulixēs ad Circēn currit. Ulixēs **interfectūrus est**[10] Circēn.

Circē: "nōlī! nōlī interficere mē! quid nōmen tibi est?"

Ulixēs "nōmen mihi Ulixēs est."

Circē: "Ulixēs! nōlī interficere mē! venī! ego volō ōscula tibi dare!"

Ulixēs: "hahahae! ōscula? cūr?"

Circē: "**quisquis**[11] pōtiōnem meam bibit, in porcum mūtātur. sed tū nōn porcus es. tū vir callidissimus es! venī! tē amō! ego volō tibi ōscula dare!"

Ulixēs: "prīmum, **iūrā!**[12] iūrā tē nōn interfectūrum esse mē!"

statim. Circē iūrat sē Ulixem nōn interfectūrum esse. deinde Circē ōscula Ulixī dat. et Ulixēs ōscula Circae dat. per noctem multa ōscula **dantur.**[13]

---

[9] ēvenit: *is happening*
[10] interfectūrus est: *is about to kill*
[11] quisquis: *whoever*
[12] iūrā: *swear an oath!*
[13] dantur: *are given*

manē[14] Ulixēs dolet.

Circē: "Ulixēs, cūr tū dolēs?"

Ulixēs: "ego doleō quia sociī meī in porcōs mūtātī sunt. Circē, sī tū mē amās, mūtā sociōs meōs in hominēs."

statim Circē ex aulā exit.

extrā aulam multī porcī sunt. porcī dolent . . . **praeter**[15] ūnum porcum. ille laetus est. porcus laetus currit et **grunnit.**[16] porcus laetus currēns grunnit et grunnit et grunnit.

aliī porcī autem nōn grunniunt. aliī porcī dolent. vidēns porcōs, Circē virgam tollit et cantat:

"vōs corpora porcōrum habētis,
sed nunc vōs corpora hominum habēbitis!"

subitō omnēs porcī in hominēs mūtantur.

---

[14] manē: *in the morning*
[15] praeter: *except*
[16] grunnit: *grunts like a pig (i.e., oinks)*

Ulixēs laetus est! omnēs sociī Ulixis laetī sunt . . . praeter Elpēnorem. Elpēnor īrātus clāmat, "ēheu! nunc ego **nōn iam possum grunnīre!!!**"[17]

in Monte Olympō, Minerva et Neptūnus spectant Ulixem. Neptūnus īrāscitur.

Neptūnus: "Minerva! cūr tū Mercurium ad Ulixem mīsistī? CŪR???"

*Minerva: "Neptūne, Ulixēs **satis pūnītus est.**"[18]*

Neptūnus: "minimē! minimē, Minerva! Ulixēs malus vir est! ego statuās et templum nōn iam Trōiae

---

[17] nōn iam possum grunnīre: *I can no longer grunt (i.e., I can't oink anymore!)*

[18] satis pūnītus est: *has been sufficiently punished (i.e., has experienced enough punishment)*

habeō! et fīlius meus, Polyphēmus, iam **caecus**[19] *est! Ulixēs* **pūniendus est!"** [20]

Minerva subrīdet. subitō Mercurius appāret. Mercurius quoque subrīdet.

Mercurius: "Minerva! Neptūne! salvēte!"

Minerva: "salvē, Mercurī!"

Minerva et Mercurius subrīdent. sed Neptūnus nōn subrīdet. Neptūnus nōn respondet quia īrāscitur. Neptūnus īrātus spectat Mercurium et Minervam subrīdentēs.

subitō Neptūnus clāmat Mercurium, "TŪ! TŪ!!!! TŪ STULTUS ES, MERCURĪ!!!!"

Minerva et Mercurius spectant Neptūnum. deinde Minerva **dērīdet**[21] *Neptūnum, "hahahae! 'tū stultus es?!?'" Mercurius quoque dērīdet*

---

[19] caecus: *blind*
[20] pūniendus est: *should be punished*
[21] dērīdet: *laughs at; mocks*

Neptūnum.

    *Minerva, dērīdēns Neptūnum, dīcit, "**quam ēloquēns,**[22] Neptūne! hahahae! tū callidissimus deus es! hahahae!!!! 'tū stultus es!' tū ēloquēns sīcut īnfāns es!"*

    Minerva et Mercurius dērīdent Neptūnum.

    Neptūnus īrātissimus est. Neptūnus clāmat, "Minerva et Mercurī . . . vōs! VŌS! VŌS STULTĪ ESTIS!!!"

    Minerva et Mercurius spectant Neptūnum.

---

    [22] quam ēloquēns: *how eloquent (i.e., how cleverly spoken)*

subitō Minerva et Mercurius iterum dērīdent Neptūnum, 'hahahae!!! audīte, omnēs! ēloquēns Neptūnus dīcit!"

Neptūnus īrātissimus ā Monte Olympō abit.

CAPITULUM III

līmen Orcī

Ulixēs et Ithacī laetī sunt . . . praeter Elpēnorem. omnēs Ithacī multum cibī comedunt et multum vīnī bibunt. ūnum annum Ithacī in īnsulā Circēs multum cibī comedunt et multum vīnī bibunt.

noctū[1] Ulixēs ōscula Circae dat. noctū, Circē ōscula Ulixī dat. noctū, Ulixēs laetus est. **interdiū**[2] autem Ulixēs dolet. interdiū Ulixēs dolet quia familiam suam **memoriā tenet.**[3]

post ūnum annum Ulixēs dīcit, "Circē, volō **petere**[4] familiam meam. amābō tē! adiuvā mē!"

Circē: "antequam nāvigās ad Ithacam, necesse est tibi petere **līmen Orcī.**[5] necesse est tibi petere **umbram Tīresiae.**"[6]

---

[1] noctū: *during the night*
[2] interdiū: *during the day*
[3] memoriā tenet: *holds in (his) memory (i.e. remembers)*
[4] petere: *to seek; to search for*
[5] līmen Orcī: *the threshold of the Underworld*
[6] umbram Tīresiae: *the ghost of Tiresias*

Ulixēs: "ubi līmen Orcī est?"

Circē: "nāvigā ad **Hesperiam**[7] Terram. audī cōnsilium meum . . . "

diū Ulixēs cōnsilium Circēs audit.

deinde Ulixēs et Ithacī ad Hesperiam Terram nāvigant.

ecce Hesperia Terra!

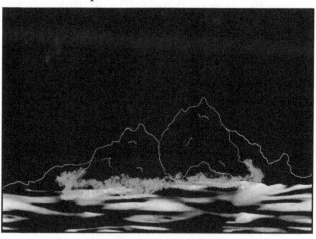

caelum **obscūrum**[8] est. in Hesperiā Terrā, caelum **semper**[9] obscūrum est. Ithacī in terram dēscendunt ad petendum līmen Orcī.

---

[7] Hesperiam: *western; of the west* (Vergil uses this adjective to refer to the coast of Italy in *Aeneid* 6.6: *litus in Hesperium.*)

[8] obscūrum: *dark*

[9] semper: *always*

in Hesperiā Terrā tria **flūmina**[10] sunt.

flūmen prīmum est Cōcȳtus. in **linguā Graecā**[11] Cōcȳtus significat Flūmen **Lacrimārum.**[12]

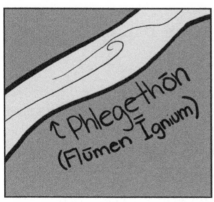

flūmen secundum est Phlegethōn. in linguā Graecā Phlegethōn significat Flūmen **Īgnium.**[13]

---

[10] flūmina: *rivers*

[11] linguā Graecā: *the Greek tongue (i.e., the Greek language)*

[12] Lacrimārum: *of tears*

[13] Īgnium: *of fires*

flūmen tertium Acherōn est. Acherōn est līmen Orcī. et saxum est inter tria flūmina.

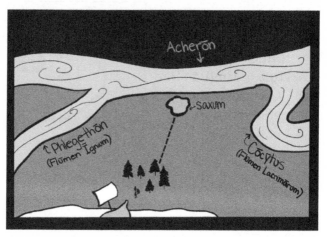

diū Ulixēs et Ithacī inter Phlegethontem et Cōcȳtum eunt.

Eurylochus rogat Ulixem, "ubi Elpēnor est?"

Ulixēs: "Elpēnor? nesciō."

Eurylochus: "ēheu! ego Elpēnorem in nāve nōn vīdī! nunc ego Elpēnorem nōn videō! et omnēs nesciunt ubi Elpēnor sit!"

Ulixēs: "Elpēnor **nōbīscum**[14] est. Elpēnor semper nōbīscum erat. fortasse tū nōn bene vidēbās. mox nōs Elpēnorem vidēbimus. **parce metū**,[15] Euryloche!"

---

[14] nōbīscum: *with us*

[15] parce metū: *refrain from fear! don't be afraid!* (This phrase comes from Vergil, *Aeneid* 1.257.)

mox Cōcȳtus et Phlegethōn **fluunt**[16] in Acherontem. saxum inter tria flūmina est. subitō Eurylochus, vidēns Orcum trāns Acherontem, **metū capitur**.[17]

Eurylochus: "Ulixēs, **redeāmus**[18] ad nāvem! līmen Orcī est! umbrae in Orcō sunt!"

Ulixēs respondet, "parce metū, Euryloche! ego volō **loquī cum**[19] umbrīs."

Eurylochus Ulixem spectat. prīmum, Ulixēs **fossam**[20] prope saxum facit. deinde Ulixēs duōs **ovēs**[21] in saxō sacrificat. tandem **sanguis**[22] ex ovibus fluit in fossam.

---

[16] fluunt: *flow*
[17] metū capitur: *is seized by fear*
[18] redeāmus: *let's return*
[19] loquī cum: *to speak with; to have a conversation with*
[20] fossam: *trench*
[21] ovēs: *sheep*
[22] sanguis: *blood*

postquam[23] sanguis in fossam flūxit, Eurylochus rogat, "Ulixēs, cūr tū sanguinem in fossā posuistī?"

Ulixēs: "quia umbrae volunt bibere sanguinem."

Eurylochus iterum metū capitur.

Ulixēs: "mox umbrae venient ad sanguinem bibendum. Circē dīxit **Tīresiae bibendum esse sanguinem ante aliās umbrās.**"[24]

---

[23] postquam: *after*

[24] Tīresiae bibendum esse sanguinem ante aliās umbrās: *blood should be drunk by Tiresias before the other ghosts*

CAPITULUM IV

umbra

subitō umbra prope sanguinem appāret.

Ulixēs: "ecce, Euryloche! umbra Tīresiae est!"

Eurylochus: "āh . . . Ulixēs . . . Tīresiās nōn est."

Ulixēs: "quid? ecce, Euryloche! umbra Tīr–"

subitō umbra clāmat, "salvēte, sociī!!!"

Ulixēs: "ELPĒNOR!!!"

Elpēnor nōn iam vir est. Elpēnor iam umbra est.

Ulixēs: "Elpēnor! esne mortuus?"

umbra Elpēnoris: "certē. ego mortuus sum. multōs diēs abhinc ego multum vīnī bibī. mox **ēbrius**[1] eram. deinde ego in **tēctum**[2] aulae

---

[1] ēbrius: *intoxicated*
[2] tēctum: *roof*

Circēs ascendī."

Ulixēs: "in tēctum aulae? cūr, Elpēnor?"

umbra Elpēnoris: "quia ego ēbrius eram! audī, Ulixēs!"

Ulixēs: "**ignōsce mihi**,[3] Elpēnor. dīc fābulam tuam."

umbra Elpēnoris: "in tēctō aulae ego laetus—et ēbrius— eram. ego clāmābam **stēllās**.[4] sed stēllae nōn respondērunt. ego diū, ēbrius, stēllās clāmābam et clāmābam et clāmābam. sed stēllae nihil respondērunt. tandem ego dormīvī."

Ulixēs: "tū dormīvistī . . . in tēctō?"

umbra Elpēnoris: "certē! ēbrius eram! et stēllae nōn respondērunt. ego **fessus**[5] eram."

Ulixēs: "sed, Elpēnor, stultum est dormīre in tēctō."

---

[3] ignōsce mihi: *forgive me (i.e., I'm sorry)*
[4] stēllās: *(at the) stars*
[5] fessus: *tired; exhausted*

umbra Elpēnoris: "quid!?!? **eho**[6] Ulixēs! ego stultus nōn sum!!!"

Ulixēs: "sed, Elpēnor . . . tū in tēctō dormīvistī. dormīre in tēctō stultum est."

umbra Elpēnoris: "ego stultus nōn sum! sī vir fessus est, vir dormit. sī fēmina fessa est, fēmina dormit. sī tū fessus es, tū dormīs. ego fessus eram, ergō ego dormīvī. fortasse tū stultus es!"

Ulixēs **suspīrat**.[7] deinde Ulixēs respondet, "certē, Elpēnor. sī ego fessus sum, ego dormiō."

umbra Elpēnoris: "**eu**[8] Ulixēs. fortasse tū, sīcut ego, quoque callidus es!"

Ulixēs, suspīrāns, respondet, "fortasse, Elpēnor."

umbra Elpēnoris nihil dīcit. umbra Elpēnoris diū nihil dīcit.

tandem Ulixēs rogat, "Elpēnor?"

umbra Elpēnoris: "quid?"

Ulixēs: "Elpēnor, dīc fābulam tōtam. **dum**[9] tū in tēctō dormiēbās, quid ēvēnit?"

umbra Elpēnoris: "dum ego . . . in

---

[6] eho: *look here! see here!*
[7] suspīrat: *sighs*
[8] eu: *fine; well done (ironic)*
[9] dum: *while*

tēctō . . . dormiēbam?"

Ulixēs: "certē. in tēctō, Elpēnor. dum tū in tēctō dormiēbās, quid ēvēnit?"

umbra Elpēnoris **mussat,**[10] "tōta fābula nōn bona est."

Ulixēs: "Elpēnor! dīc tōtam fābulam!"

umbra Elpēnoris mussat, "dum ego in tēctō dormiēbam, ego in terram **cecidī.**"[11]

---

[10] mussat: *whispers*
[11] cecidī: *I fell*

Ulixēs: "et . . . "

umbra Elpēnoris mussat, "et . . . ego terrā interfectus sum. iam ergō ego umbra sum."

Ulixēs: "**ehem!**[12] Elpēnor, dormīre in tēctō ERAT stultum!"

umbra Elpēnoris: "fortasse."

Ulixēs: "fortasse!?!? tū iam umbra es quia tū in tēctō dormīvistī!"

subitō Elpēnor flet. Elpēnor diū flet.

Ulixēs: "Elpēnor, tū laetus in Orcō es?"

umbra Elpēnoris: "laetus? minimē, Ulixēs! ORCUS est!!! umbrae in Orcō nōn laetae sunt! fortasse, Ulixēs, tū nōn callidus es."

Ulixēs: "ignōsce mihi, Elpēnor."

umbra Elpēnoris: "Ulixēs, amābō tē, adi-uvā mē!"

Ulixēs: "certē, mī socī! sed . . . quōmodo? tū iam umbra es, et ego vir sum."

umbra Elpēnoris: "Ulixēs, meum corpus in īnsulā Circēs est. amābō tē! **cremā**[13] meum corpus!"

Ulixēs: "certē, Elpēnor. Eurylochus et ego cremābimus corpus tuum."

---

[12] ehem: *aha!*

[13] cremā: *burn! cremate!* (Funeral rites often included the burning of the dead body on a funeral pyre.)

umbra Elpēnoris: "grātiās, Ulixēs! grātiās, Euryloche! valēte sociī meī!"

Ulixēs: "valē, socī mī!"

deinde umbra Elpēnoris ā fossā abit.

CAPITULUM V

Tīresiās

multae umbrae iam prope sanguinem sunt. multae umbrae iam volunt bibere sanguinem. sed sanguis bibendus est Tīresiae ante umbrās aliās.

Ulixēs: "Tīresiā! Tīresiā!"

subitō Ulixēs videt umbram mātris prope fossam.

Ulixēs: "māter! ēheu! tū mortua es!?!?"

umbra mātris, spectāns Ulixem, nihil respondet. umbra mātris Ulixis vult bibere sanguinem. sed sanguis Tīresiae ante umbrās aliās bibendus est. Ulixēs dolet.

Ulixēs: "minimē, māter. nōlī nunc bibere sanguinem. sanguis Tīresiae ante tē bibendus est."

umbra mātris Ulixis, nihil dīcēns, ad aliās umbrās redit.

Ulixēs iterum clāmat, "Tīresiā! Tīresiā!"

subitō umbra Tīresiae ad sanguinem adit.

ecce umbra Tīresiae!

umbra Tīresiae spectat Ulixem. umbra Tīresiae vult sanguinem bibere. dum umbra sanguinem spectat, Ulixēs dīcit, "salvē, Tīresiā. bibe sanguinem!"

statim Tīresiās sanguinem bibit.

postquam Tīresiās sanguinem bibit, ille dīcit Ulixī, "grātiās, Ulixēs. tū in marī **iam diū**[1] errās."

Ulixēs: "certē. sed . . . cūr? cūr ego in Ithacam nōn possum nāvigāre?"

---

[1] iam diū: *for a long time now*

umbra Tīresiae: "quia Neptūnus, deus maris, īrāscitur. Ulixēs, scīsne **quā dē causā**[2] Neptūnus īrāscātur?"

Ulixēs: "ego nesciō."

umbra Tīresiae: "cyclōps Polyphēmus est fīlius Neptūnī."

Ulixēs: "ēheu!"

umbra Tīresiae: "certē. et iam Polyphēmus caecus est."

Ulixēs: "certē."

umbra Tīresiae: "ō Ulixēs, Polyphēmus caecus est quia tū **vulnerāvistī**[3] illum. scīsne iam quā dē causā Neptūnus īrāscātur?"

Ulixēs: "ego sciō."

umbra Tīresiae: "quia tū vulnerāvistī Polyphēmum, Neptūnus tē ad Laestrȳgonēs

---

[2] quā dē causā: *for what reason (i.e., why)*
[3] vulnerāvistī: *you injured*

et ad Circēn mīsit. quia tū Polyphēmum vulnerāvistī, Neptūnus tē pūniēbat. quia tū Polyphēmum vulnerāvistī, tū in marī errābās."

Ulixēs suspīrat. deinde dīcit, "grātiās, Tīresiā. ego iam sciō quā dē causā in marī iam diū errō."

umbra Tīresiae: "vīsne iam nāvigāre in Ithacam?"

Ulixēs: "certē, Tīresiā. sed . . . quōmodo? Neptūnus deus maris est. et Ithaca trāns mare est. quōmodo ego possum nāvigāre trāns mare in Ithacam?"

umbra Tīresiae: "Neptūnus īrāscitur. sed tū potes **cum magnō labōre**[4] nāvigāre in Ithacam. Ulixēs! audī meum cōnsilium! mox tū in īnsulam **Sōlis**[5] nāvigābis. Sōl multōs bovēs habet. bovēs Sōlis sunt pulchrī! Ulixēs, nōlī interficere bovēs Sōlis! sī tū cōnsilium meum

[4] cum magnō labōre: *with great difficulty*
[5] Sōlis: *of the Sun* (In Greek mythology Ἥλιος [Helios], the sun god, drove a chariot through the sky.)

audiēs, tū et sociī tuī in Ithacam, cum magnō labōre, nāvigābitis.

Ulixēs: "grātiās, Tīresiā."

umbra Tīresiae: "sed **cave,**[6] Ulixēs! sī sociī tuī interficient bovēs Sōlis, nāvis tua **dēlēbitur.**[7] cave! sī bovēs Sōlis interficientur, sociī tuī interficientur. sī sociī tuī bovēs Sōlis interficient, tū sōlus in Ithacam veniēs. et, sī sociī tuī bovēs Sōlis interficient, in Ithacā malī virī in aulā tuā venient ad cibum tuum comedendum et ad uxōrem tuam petendam. cave, Ulixēs! et valē!"

[6] cave: *beware!*
[7] dēlēbitur: *will be destroyed*

statim umbra Tīresiae ad Orcum redit.

postquam umbra Tīresiae ad Orcum redīvit, multae umbrae aliae ad fossam eunt. aliae umbrae ad fossam eunt ad sanguinem bibendum. māter Ulixis et Agamemnōn et Achillēs et Cassandra (fīlia Priamī) et Ōrīōn et Tantalus et Sīsyphus et Herculēs et aliī umbrae sanguinem bibunt. diū Ulixēs **loquitur cum**[8] multīs umbrīs.

tandem umbrae ad Orcum redeunt. deinde Ulixēs clāmat, "Euryloche!"

Eurylochus ad Ulixem currit.

Eurylochus: "quid?"

Ulixēs: "redeāmus ad nāvem. redeāmus ad Ithacam!"

statim Ulixēs et Eurylochus et omnēs sociī ā līmine Orcī abeunt. ad nāvem redeunt.

multōs post diēs Ithacī in īnsulam Circēs redeunt. in īnsulā, Ithacī corpus Elpēnoris cremant. deinde Ulixēs loquitur cum Circē.

Circē: "Ulixēs, quid Tīresiās tibi dīxit?"

Ulixēs: "Tīresiās mihi dīxit Neptūnum īrātum esse quia Polyphēmum fīlium esse. Tīresiās mihi quoque dīxit, 'cave! nōlī interficere bovēs Sōlis.'"

---

[8] loquitur cum: *speaks with; has a conversation with*

Circē: "cōnsilium Tīresiae bonum est. iam, Ulixēs, audī cōnsilium meum! cave . . ."

diū Circē loquitur cum Ulixe.

manē Ithacī iterum nāvigant ab īnsulā Circēs.

CAPITULUM VI

Sīrēnēs

Ulixēs et Eurylochus et sociī in nāve sunt.

Eurylochus: "Ulixēs quōmodo nōs ad Ithacam nāvigāmus?"

Ulixēs: "Circē cōnsilium mihi dedit."

Eurylochus: "āh. et . . . quid est cōnsilium?"

Ulixēs: "parce metū, Euryloche! mox nōs in Ithacam redībimus!"

Eurylochus: "sed, Ulixēs, Circē nōn sem—"

subitō Ulixēs īnsulam videt.

statim Ulixēs ad **mālum**[1] nāvis currit.

Ulixēs: "Euryloche, **ligā**[2] mē!"

Eurylochus Ulixem ligat.

---

[1] mālum: *mast*
[2] ligā: *bind! (i.e., tie me up!)*

deinde Ulixēs **ligātus**[3] clāmat, "sociī meī, audīte mē! Sīrēnēs in īnsulā sunt."

Ithacī: "ēheu!"

Ithacī metū capiuntur quia Sīrēnēs mōnstra sunt.

ecce Sīrēnēs!

Sīrēnēs sīcut fēminae sunt. sed Sīrēnēs quoque sīcut **avēs**[4] sunt. et Sīrēnēs **carmina**[5] pulcherrima cantant. quisquis audit carmina

Sīrēnum, īnsānus **fit.**[6] quisquis carmina Sīrēnum audit, ad īnsulam Sīrēnum rapidē it . . . et Sīrēnēs comedunt illum.

---

[3] ligātus: *bound; tied up*
[4] avēs: *birds*
[5] carmina: *songs*
[6] fit: *he becomes*

Ulixēs: "sociī meī! mox nōs prope īnsulam Sīrēnum nāvigābimus. iam **pōnite cēram in- auribus vestrīs!**"[7]

Eurylochus: "tū quoque, Ulixēs?"

Ulixēs: "minimē, Euryloche! ego volō audīre carmina Sīrēnum!"

Eurylochus Ulixem spectat. deinde Eury- lochus mussat, "stultum virum."

Ulixēs: "quid, Euryloche? quid tū dīxistī?"

Eurylochus: "nihil, Ulixēs!"

deinde omnēs Ithacī cēram in auribus pōnunt . . . praeter Ulixem ligātum.

mox nāvis Ulixis prope īn- sulam Sīrēnum est. Sīrēnēs, videntēs nāvem, ad lītus currunt. deinde Sīrēnēs carmen pulcher- rimum cantant. Ithacī nōn pos- sunt audīre car- men. sed Ulixēs ligātus potest audīre carmen.

---

[7] pōnite cēram in auribus vestrīs: *put wax in your ears!*

Sīrēnēs:

"venī, Ulixēs Ithacae!
*venī ad īnsulam **nostram!**[8]*
venī ad audienda carmina nostra!
venī ad audienda carmina pulchra!"

Ulixēs carmen Sīrēnum audit . . . et īnsānus fit!

Sīrēnēs carmen iterum cantant, *"venī, Ulixēs Ithacae!"*

Ulixēs: "certē! sed ēheu! ego ligātus sum!"

---

[8] nostram: *our*

Sīrēnēs: *"venī ad īnsulam nostram!"*

Ulixēs: "aaaaaaaaaaaahhhhh! ego volō venīre ad īnsulam vestram! sed ego ligātus sum! sociī meī! adiuvāte mē! sociī meī! ego volō īre ad īnsulam!"

sed Ithacī nōn possunt audīre Ulixem.

Sīrēnēs: *"venī ad audienda carmina nostra!"*

Ulixēs: "aaaaaaahhhhhh!!! Sīrēnēs! ego vōs amō! vōs pulcherrimae estis! et ego volō dare ōscula vōbīs! ego volō vōs dare ōscula mihi! sed ego ligātus sum! aaaaaaaaaahhhhh!!!"

Sīrēnēs: *"venī ad audienda carmina pulchra!"*

Ulixēs clāmat, "AAAAAAAHHHHH!!! SOCIĪ MEĪ! ADIUVĀTE MĒ! EURYLOCHE!

EURYLOCHE!!!!! SĪ TŪ NŌN ADIUVĀBIS MĒ, EGO TĒ INTERFICIAM!!! EURYLOCHE!!!!"

sed Eurylochus nōn potest audīre Ulixem.

diū Ulixēs carmina Sīrēnum audit. diū Ulixēs īnsānus est. diū Ulixēs īnsānus clāmat.

longō post tempore, nāvis Ulixis nōn iam prope īnsulam Sīrēnum est. Ulixēs nōn iam clāmat. nōn iam īnsānus est. Ithacī ergō removent cēram ab auribus. deinde Eurylochus removet Ulixem ā **mālō.**[9]

Ulixēs: "Euryloche! grātiās, mī socī! iam necesse est nōb–"

subitō **sonitus**[10] magnus est.

Eurylochus: "AAAAAAAAAAAAHHH-HHH!!!!!"

---

[9] mālō: *mast*
[10] sonitus: *loud sound; loud noise*

CAPITULUM VII

Scylla et Charybdis

ante nāvem **angustum**[1] est.

perīculōsum[2] est nāvigāre per angustum. sed necesse est Ulixī nāvigāre per angustum ad Ithacam petendam.

in angustō duo mōnstra habitant. **sinistrā**[3] Charybdis est.

---

[1] angustum: *a narrow place (i.e., a strait)* (Several of the descriptive words in this chapter come from Vergil, *Aeneid* 3.410–23.)

[2] perīculōsum: *dangerous*

[3] sinistrā: *on the left (hand); on the left (side)*

ecce Charybdis!

cotīdiē[4] Charybdis **gurgite sorbet**[5] nāvēs et hominēs. deinde, postquam Charybdis nāvēs et hominēs gurgite sorbuit, illa aquam et hominēs et nāvēs vomit in caelum.

videns Charybdin, Eurylochus clāmat, "ēheu! nōs interficiēmur gurgite!"

omnēs Ithacī metū capiuntur, praeter Ulixem. videns Charybdin, Ulixēs cōnsilium

---

[4] cotīdiē: *daily; every day*
[5] gurgite sorbet: *swallows with a whirlpool (i.e., sucks in by means of a whirlpool)*

50

Circēs memoriā tenet.

*Circēs dīxit, "cave, Ulixēs! sī tū ad sinistram angustī nāvigābis, Charybdis interficiet omnēs. sī autem tū ad **dextram**[6] angustī nāvigābis, sex sociī interficientur."*

Ulixēs, cōnsilium Circēs memoriā tenēns, clāmat sociōs, "parcite metū, sociī! nāvigāte ad dextram angustī!"

statim Ithacī ad dextram angustī nāvigant.

Ithacī nōn iam metū capiuntur . . .

. . . sed dextrā mōnstrum alterum habitat.

subitō sex Ithacī clāmantēs in caelō sunt. Eurylochus nescit quōmodo sex Ithacī clāmantēs in caelō sint. sed Ulixēs scit . . . mōnstrum esse Scyllam.

Scylla sex **capita**[7] habet. sex capita Scyllae in sex longīs **collīs**[8] sunt. et Scyl-

---

[6] dextram: *the right (hand); the right (side)*
[7] capita: *heads*
[8] collīs: *necks*

la hominēs comedit.

Eurylochus clāmat, "aaaaaaaaaaahhhh!!!"

Ulixēs clāmat, "sociī meī, parcite metū! nāvigāte! nāvigāte rapidē per angustum!"

mox Scylla et Charybdis sunt post Ulixem et et Ithacōs **reliquōs.**[9] Eurylochus **tamen**[10] clāmat.

Eurylochus: "aaaaaaaaaaaaaahhhh!!!"

Ulixēs: "Euryloche, nōlī clāmāre! angustum post **terga**[11] est. Scylla et Charybdis post terga sunt."

---

[9] reliquōs: *remaining*
[10] tamen: *nevertheless*
[11] post terga: *behind (our) backs (i.e., behind us)*

sed Eurylochus nōn audit Ulixem. Eurylochus clāmat.

post ūnam hōram Eurylochus **clāmitat.**[12]

duās post hōrās Eurylochus clāmitat.

trēs post hōrās Eurylochus clāmitat.

quattuor post hōrās Eurylochus nōn iam clāmat.

Ulixēs: "Euryloche! Euryloche!"

sed Eurylochus nōn respondet. Eurylochus in caelum spectat.

---

[12] clāmitat: *continues shouting*

CAPITULUM VIII

Eurylochus īnsānus

mox Ulixēs īnsulam videt. Ithacī reliquī quoque īnsulam vident.

Ithacī reliquī: "īnsula! īnsula est! nāvigēmus ad īnsulam!"

sed Ulixēs scit esse īnsulam Sōlis.

Ulixēs: "sociī meī! audīte mē! nōlī nāvigāre in īnsulam! īnsula Sōlis est. cave! cave īnsulam Sōlis!"

Ithacī reliquī cōnfūsī sunt.

prīmus Ithacus: "sed, Ulixēs, nōs fessī sumus. necesse est nōbīs dormīre et comedere."

Ulixēs: "sociī meī, ego quoque fessus sum.

sed Tīresiās dīxit, 'cavēte īnsulam Sōlis!' nōlīte ergō nāvigāre in īnsulam. petāmus alteram īnsulam!"

alter Ithacus: "certē, Ulixēs. sī tū vī—"

subitō Eurylochus clāmat, "MINIMĒ!!!"

Ulixēs **mīrātur**[1] Eurylochum. Ithacī reliquī mīrantur Eurylochum. omnēs Eurylochum spectant.

Ulixēs: "Euryloche, parc–"

Eurylochus: "silentium, Ulixēs! ego **nōlō**[2] tē dīcere mihi 'parce metū!' ego nōn iam metū capior."

omnēs mīrantur Eurylochum.

Ulixēs: "silentium, Euryloche! ego rēx su–"

Eurylochus: "tū rēx malus es, Ulixēs! postquam nōs Trōiam vīcimus, duodecim nāvēs Ithacae erant. sed iam ūna sōla nāvis reliqua est. postquam nōs Trōiam vīcimus,

---

[1] mīrātur: *is amazed at; is astonished by*
[2] nōlō: *I don't want*

multī Ithacī erant. sed iam **paucī**[3] Ithacī reliquī
sunt."

Ulixēs: "Euryloche, socī mī, fortas—"

Eurylochus: "SILENTIUM, ULIXĒS!!!"

silentium est.

Eurylochus: "audī, Ulixēs! prīmum ego
dīxī, 'Ulixēs, nōlī nāvigāre in terram.' sed tū
respondistī, 'parce metū, Euryloche.' deinde
nōs **lōtōs**[4] comēdērunt. iam ego volō semper

comedere lōtōs! deinde ego dīxī, 'Ulixēs, nōlī
īre in **spēluncam!**[5] fortasse mōnstrum in
spēluncā habitat.' sed tū respondistī, 'parce

---

[3] paucī: *a few*
[4] lōtōs: *lotus fruits*
[5] spēluncam: *cave*

metū, Euryloche.' deinde Polyphēmus sociōs
nostrōs comēdit!"

Ulixēs:
"certē, sed ego
pu—"

Eurylochus:
"SILENTIUM!!!"

Eurylochus
omnēs spectat. omnēs in silentiō sunt.

Eurylochus: "deinde, Ulixēs, ego dīxī,
'fortasse mōnstra in īnsulā habitant.' sed tū
dīxistī, 'explōrāte terram!' deinde Laestrȳgonēs sociōs nostrōs comēdērunt! deinde

in alterā īnsulā ego iterum dīxī, 'fortasse mōnstra in īnsulā habitant.' sed tū iterum dīxistī,
'explōrāte īnsulam!' deinde sociī nostrī in

porcōs ā Circē mūtātī sunt!"

Ulixēs: "sed, **posteā**[6] sociī nostrī in hominēs ā Circē mūtātī sunt."

Eurylochus: "ET IAM ELPĒNOR MORTUUS EST!"

Ulixēs: "certē, sed Elpēnor mortuus est quia in tēctō dormīvit."

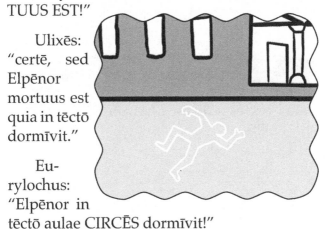

Eurylochus: "Elpēnor in tēctō aulae CIRCĒS dormīvit!"

---

[6] posteā: *afterwards*

Ulixēs nihil respondet.

Eurylochus: "et hodiē ego metū captus sum. sed tū dīxistī, 'parce metū, Euryloche!' deinde Scylla sex nostrōs sociōs comēdit! tū

malus rēx es, Ulixēs! MALUS ET STULTUS RĒX ES!!!"

subitō Eurylochus clāmat, "HAHAHAE!"

Eurylochus īnsānus est.

Eurylochus: "sociī meī! nāvigāte in īnsulam!"

Ulixēs: "minimē! sociī meī! minimē! ego rēx sum!"

sed Ithacī reliquī audiunt Eurylochum.

CAPITULUM IX

bovēs Sōlis

mox Ithacī in īnsulam Sōlis dēscendunt. Eurylochus dīcit, "sociī meī, dormīte et comedite cibum!"

Ulixēs: "Euryloche, **abeāmus**[1] ab īnsulā Sōlis."

Eurylochus: "parce metū, Ulixēs! diēs bonus est! īnsula bona est! fortasse nympha pulcherrima in īnsulā habitat!"

multōs diēs Ithacī reliquī cibum comedunt et multum dormiunt. Ithacī reliquī comedunt et comedunt. mox ergō Ithacī reliquī cibum nōn iam habent.

prīmus Ithacus: "necesse est nōbīs habēre cibum!"

alter Ithacus: "multī bovēs Sōlis in īnsulā sunt!"

prīmus Ithacus: "bovēs Sōlis pulchrī sunt. fortasse nō–"

---

[1] abeāmus: *let's go away! let's leave!*

Ulixēs: "minimē! minimē, socī mī! nōlīte comedere bovēs Sōlis!"

subitō Eurylochus īnsānus dīcit, "certē, Ulixēs. nōs nōn comedēmus bovēs Sōlis."

Ulixēs: "grātiās, Euryloche! grātiās, socī mī!"

deinde Ulixēs in nāvem ascendit. Ulixēs fessus est. mox Ulixēs dormit.

Ulixe dormiente, Eurylochus dīxit Ithacīs aliīs, "sociī meī! comedāmus bovēs Sōlis!"

statim Ithacī multōs bovēs Sōlis interficiunt et comedunt.

.

*in caelō, Sōl spectat Ithacōs comedentēs bovēs. cotīdiē Sōl trāns caelum **currum agit**.² Sōl īrātissi-*

² currum agit: *drives a chariot*

mus est! statim Sōl ad Montem Olympum it ad loquendum cum Iove.

Sōl: "Iuppiter!!!"

Iuppiter: "Sōl? cūr tū in caelō nōn es?"

Sōl: "quia Ulixēs et Ithacī interfēcērunt bovēs meōs!"

Neptūnus: "ēheu! Ulixēs et Ithacī malī sunt!"

Iuppiter: "silentium, Neptūne!"

Iuppiter spectat Sōlem.

Iuppiter: "Sōl, Ulixēs et Ithacī omnēs bovēs comēdērunt?"

Sōl: "minimē. sed multōs bovēs comēdērunt. Iuppiter, ego volō tē pūnīre Ithacōs!"

subitō Minerva dīcit, "minimē, pater Iuppiter! Ulixēs satis pūnītus est! nōlī iterum pūnīre

Ulixem!"

Iuppiter suspīrat. deinde Iuppiter spectat omnēs.

subitō Neptūnus cōnsilium capit. Neptūnus cōnsilium Sōlī mussat. Sōl cōnsilium Neptūnī audit. subitō Sōl laetus est.

Sōl: "Iuppiter, ego volō tē interficere Ithacōs! **nisi**[3] *tū Ithacōs interficiēs, ego super orbem terrārum nōn iam* **lūcēbō**.[4] *nisi tū Ithacōs interficiēs, ego ad Orcum* **ībō**[5] *et in Orcō lūcēbō."*

Neptūnus, spectāns Minervam, subrīdet.

Minerva: "minimē! Ulixēs satis pūnītus est! amābō tē, pater Iuppiter, nōlī interficere Ulixem!"

Iuppiter iterum suspīrat. Iuppiter dīcit Minervae, "mea fīlia, **oportet Sōlem lūcēre**[6] *super orbem terrārum." deinde Iuppiter Sōlī dīcit, "Sōl!* **redī**[7] *ad caelum! ego Ithacōs pūniam."*

---

[3] nisi: *unless; if (you will) not*
[4] lūcēbō: *I will shine*
[5] ībō: *I will go*
[6] oportet Sōlem lūcēre: *the Sun needs to shine*
[7] redī: *return!*

CAPITULUM X

īnfēlīx Ulixēs

in īnsulā Sōlis Ithacī reliquī multōs bovēs Sōlis interficiunt ad comedendum. multī bovēs mortuī prope nāvem sunt.

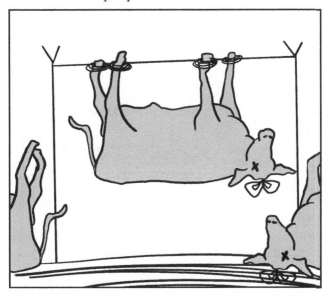

Ulixēs: "Euryloche! nōlī comedere bovēs Sōlis! Tīresiās mihi dīxit, 'cave! nōlī interficere bovēs Sōlis!'"

Eurylochus: "parce metū, Ulixēs! Sōl nōn videt nōs comedentēs bovēs!"

subitō ūnus bōs mortuus **sē movet.**[1] deinde multī bovēs mortuī sē movent.

---

[1] sē movet: *moves itself (i.e., moves)*

Ulixēs: "sociī meī! ecce! bovēs mortuī sē movent! **signum**[2] est! Sōl īrāscitur!"

sed Eurylochus et Ithacī reliquī nōn audiunt Ulixem. Ithacī reliquī laetissimī sunt.

subitō bovēs mortuī **mūgiunt**.[3]

Ulixēs: "sociī! ecce! mortuī bovēs sē movent et mūgiunt! signum est! Sōl īrāscitur! nōlīte comedere bovēs!"

sed Ithacī reliquī laetissimī Ulixem iterum nōn audiunt.

Eurylochus: "parce metū, Ulixēs! hahahae!"

---

[2] signum: *sign*
[3] mūgiunt: *moo*

sex diēs, Ithacī reliquī laetissimī bovēs Sōlis comedunt. deinde reliquī Ithacī laetissimī
ab īnsulā Sōlis nāvigant. post ūnam hōram,
laetissimī Ithacī reliquī nōn iam terram vident.

subitō Iuppiter **fulmen**[4] *mittit in nāvem
Ulixis.*

---

[4] fulmen: *thunderbolt*

Ithacī reliquī nōn iam laetissimī sunt. Ithacī reliquī metū capiuntur. fulmen nāvem dēlet. omnēs Ithacī reliquī aquā interficiuntur . . . praeter Ulixem. Ulixēs sōlus in aquā est. Eurylochus et aliī sociī mortuī sunt.

Ulixēs autem callidus est. Ulixēs videt fragmenta nāvis in aquā esse. Ulixēs fragmenta nāvis capit . . . et **ratem**[5] facit. in rate Ulixēs

sōlus in marī errat. per noctem ratis in marī errat.

manē ratis in angustum errat. **īnfēlīx**[6]

---

[5] ratem: *raft*
[6] īnfēlīx: *unlucky; unfortunate*

Ulixēs videt angustum . . . et metū capitur.

duo mōnstra in angustō habitant. dextrā est
Charybdis. sinistrā, in spēluncā, Scylla habitat.

ratis ad Charybdin errat. īnfēlīx Ulixēs ad
gurgitem Charybdis er-
rat. subitō Ulixēs videt
arborem. **rāmī**[7] arboris
super aquam sunt.
vidēns arborem, calli-
dus Ulixēs cōnsilium
capit.

dum ratis sub
rāmōs arboris it, Ulixēs ad rāmum **salit.**[8]
deinde Ulixēs tenet rāmum quī super gurgitem Charybdis est. ratis in gurgite Charybdis

---

[7] rāmī: *branches*
[8] salit: *jumps*

est. Ulixēs autem nōn iam in gurgite Charybdis est. Ulixēs callidus, tenēns rāmum, super
gurgitem est.

dum Charybdis ratem sorbet, Ulixēs
rāmum tenet. diū Ulixēs rāmum tenet . . . et
spectat Charybdin. postquam Charybdis
ratem sorbuit, diū illa aquam sorbet.

deinde Charybdis ratem in caelum vomit.

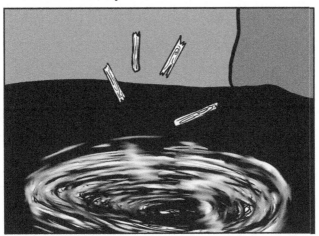

vidēns ratem, Ulixēs dē rāmō salit. in ratem ascendit. deinde Ulixēs sub spēluncam Scyllae est. Scylla autem Ulixem nōn audit. Ulixēs ergō per angustum errat.

mox Scylla et Charybdis post Ulixem sunt. Ulixēs, in rate, sōlus in marī errat. Ulixēs, fessus, flet.

CAPITULUM XI

Calypsō

novem diēs Ulixēs in marī errat. diē decimō ratis ad īnsulam it. Ulixēs sōlus et **īnfirmus**[1] est. ille īnfirmissimus est. nōn potest currere. nōn quoque potest dīcere. Ulixēs in īnsulam **lentē**[2] it ad cibum petendum.

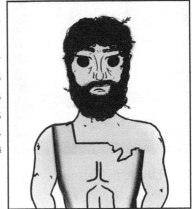

mox Ulixēs **frūctūs**[3] videt. Ulixēs frūctūs comedit. frūctibus comēsīs, Ulixēs dormit. multās hōrās Ulixēs dormit. subitō **vōx**[4] audītur.

vōx: "salvē?"

Ulixēs cōnfūsus dīcit, "salvē. ubi ego sum?"

vōx: "salvē, vir. tū in īnsulā meā es. quid nōmen tibi es?"

Ulixēs: "nōmen mihi Ulixēs est. īnsula tua est? quid nōmen tibi es?"

---

[1] īnfirmus: *weak*
[2] lentē: *slowly*
[3] frūctūs: *fruits*
[4] vōx: *voice*

vōx: "salvē, Ulixēs! nōmen mihi Calypsō est."

deinde Ulixēs videt fēminam pulcherrimam.

Ulixēs: "salvē, Calypsō! tū pulcherrima fēmina es!"

Calypsō: "grātiās, Ulixēs. sed ego fēmina nōn sum. ego nympha sum. Ulixēs, cūr tū in īnsulā meā es? tū petēbās mē?"

Ulixēs: "minimē. ego Ithacam petō. sed īnfēlīx sum."

Calypsō: "īnfēlīx? minimē. tū fēlīx es quia tū nunc **mēcum**[5] es."

Ulixēs: "fēlīx? ego? tū pulcherrima nympha es, Calypsō. sed mea famili–"

Calypsō: "venī, Ulixēs. venī mēcum domum meam."

deinde Ulixēs et Calypsō eunt domum Calypsōnis.

---

[5] mēcum: *with me*

domī, Calypsō **tēlam texit.**[6] Ulixēs spectat Calypsōnem tēlam tēxentem. Calypsō, tēlam texens, carmen cantat. Ulixēs, spectāns Calypsōnem, carmen audit. mox Ulixēs **incantātus**[7] est.

deinde Ulixēs incantātus ad Calypsōnem it. Ulixēs incantātus ōscula Calypsōnī dat. et

Calypsō ōscula Ulixī incantātō dat. Ulixēs incantātus familiam memoriā nōn tenet.

---

[6] tēlam texit: *weaves the loom (i.e., weaves on a loom)*
[7] incantātus: *enchanted; bewitched*

EPILOGUS

Pēnelopē et Tēlemachus

dum Ulixēs cum Calypsū est, Pēnelopē et Tēlemachus in Ithacā sunt. in Ithacā, Pēnelopē et Tēlemachus in aulā sunt. Ulixēs ab Ithacā tredecim annōs aberat. et Pēnelopē et Tēlemachus nesciunt ubi Ulixēs sit.

Tēlemachus: "māter."

Pēnelopē: "quid?"

Tēlemachus: "estne pater mortuus?"

Pēnelopē: "nesciō, mī fīlī. fortasse."

subitō iānua aulae **pulsātur.**[1]

tuxtax![2] *tuxtax! tuxtax!*

---

[1] pulsātur: *is struck (i.e., is knocked)*
[2] tuxtax!: *a sound imitating blows*

Tēlemachus: "quis iānuam pulsat?"

tuxtax! tuxtax! tuxtax!

Pēnelopē: "nesciō."

tuxtax! tuxtax! tuxtax!

Pēnelopē ad iānuam it. extrā iānuam multī virī clāmant.

vir prīmus: "Ulixēs mortuus est!"

vir secundus: "certē! et mox Pēnelopē **nūbet mihi!"**[3]

vir tertius: "minimē! mox Pēnelopē mihi nūbet! deinde ego rēx Ithacae erō!"

vir quārtus: "vōs stultī estis! ego rēx Ithacae erō! Pēnelopē mihi nūbet!"

subitō virī vident Pēnelopēn.

omnēs virī: "Pēnelopē pulcherrima! nūbe mihi!"

[3] nūbet mihi: *will be married to me*

Index Vocābulōrum

---

[1] Meanings are listed according to the word's usage in this book. For example, the ablative form *spēluncā* is only used in the prepositional phrase *in spēluncā*. Its meaning is thus listed as "cave."

aulam: *palace*
auribus: *ears*
autem: *however*
avēs: *birds*

B

bene: *well*
bibe: *drink!*
bibendum: *drinking*
bibendus est: *it should be drunk*
bibere: *to drink*
bibī: *I drank*
bibit: *s/he drinks*
bibunt: *they drink*
bona: *good*
bonum: *good*
bonus: *good*
bōs: *cow*
bovēs: *cows*

C

caecus: *blind*
caelō: *sky*
caelum: *sky*
callidissimus: *cleverest*
callidus: *clever*
Calypsō: *Calypso*
Calypsōnem: *Calypso*
Calypsōnī: *to Calypso*
Calypsōnis: *of Calypso*
cantant: *they chant; they sing*
cantat: *s/he chants; s/he sings*
capior: *I am seized*
capit: *s/he seizes*
capita: *heads*
capitur: *s/he is seized*

capiuntur: *they are seized*
captus sum: *I was seized*
carmen: *song*
carmina: *songs*
Cassandra: *Cassandra (Trojan priestess and daughter of the King of Troy)*
causā: *reason*
cave: *beware!*
cave nē: *beware lest (i.e., take care so that _____ does not happen)*
cavēte: *beware!*
cecidī: *I fell*
cēram: *wax*
certē: *yes; certainly*
Charybdin: *Charybdis*
Charybdis: *Charybdis*
cibī: *of food*
cibum: *of food*
Circae: *to Circe*
Circē: *Circe*
Circēn: *Circe*
Circēs: *of Circe*
clāmābam: *I was shouting (at)*
clāmant: *they shout*
clāmantēs: *shouting*
clāmāre: *to shout*
clāmat: *s/he shouts*
clāmitat: *s/he repeatedly shouts*
Cōcȳtum: *Cocytus (river)*
Cōcȳtus: *Cocytus (river)*
collīs: *necks*
comedāmus: *let's eat*
comedēmus: *we will eat*
comedendum: *eating*

comedentēs: *eating*

comedere: *to eat* (nōlī comedere: *don't eat!*)

comēdērunt: *they eat*

comedit: *s/he eats*

comēdit: *s/he ate*

comedite: *eat!*

comedunt: *they eat*

comēsīs: *with _____ having been eaten*

cōmēsō: *with _____ having been eaten*

cōnfūsa: *confused*

cōnfūsī: *confused*

cōnfūsus: *confused*

cōnsīde: *sit down!*

cōnsīdit: *sits down*

cōnsilium: *plan; idea*

corpora: *bodies*

corpus: *body*

cotīdiē: *daily; every day*

cremā: *burn! cremate!*

cremābimus: *we will burn; we will cremate*

cremant: *they burn; they cremate*

cum: *with*

cum magnō labōre: *with great hardship; with great difficulty*

cūr: *why?*

currēns: *running; while running*

currere: *to run*

currit: *s/he runs*

currum: *chariot*

currunt: *they run*

D

dantur: *they are given*

dare: *to give*

dat: *s/he gives*

dē: *down from*

dea: *goddess*

deā: *goddess*

deae: *of the goddess*

decimō: *on the tenth*

dedit: *s/he gave*

deinde: *then; next*

dēlēbitur: *it will be destroyed*

dēlet: *it destroys*

deōrum: *of the gods*

dērīdēns: *while laughing (at); while mocking*

dērīdent: *they laugh (at); they mock*

dērīdet: *s/he laughs (at); s/he mocks*

dēscendunt: *they descend*

deus: *god*

dextrā: *on the right (hand); on the right (side)*

dextram: *right (hand); right (side)*

dīc: *speak! say!*

dīcēns: *while speaking; while saying*

dīcere: *to speak; to say*

dīcit: *s/he speaks; s/he says*

diē: *on the day*

diē decimō: *on the tenth day*

diēs: *days*

diū: *for a long time*

dīxī: *I spoke; I said*

dīxistī: *you spoke; you said*

dīxit: *s/he spoke; s/he said*
dolent: *they are sad*
doleō: *I am sad*
dolēs: *you are sad*
dolet: *s/he is sad*
domī: *at the house*
domum: *to the house*
dormiēbam: *I was sleeping*
dormiēbās: *you were sleeping*
dormiente: *with _____ sleeping*
dormiō: *I sleep*
dormīre: *to sleep*
dormīs: *you sleep*
dormit: *s/he sleeps*
dormīte: *sleep!*
dormiunt: *they sleep*
dormīvī: *I slept*
dormīvistī: *you slept*
dormīvit: *s/he slept*
duās: *two*
dum: *while*
duo: *two*
duodecim: *twelve*
duodecim annōs nātus est: *he is twelve years old*
duōs: *two*

E
ē / ex: *out of*
ēbrius: *intoxicated*
ecce: *look! behold!*
ego: *I*
ehem: *aha!*
ēheu: *oh no!*
eho: *look here! see here!*
ēloquēns: *eloquent*

Elpēnor: *Elpenor*
Elpēnorem: *Elpenor*
Elpēnoris: *of Elpenor*
eō: *I go; I am going*
eram: *I was*
erant: *they were*
erat: *s/he was*
ergō: *therefore*
ēripit: *s/he tears out*
erō: *I will be*
errābās: *you were wandering*
errās: *you wander; you are wandering*
errat: *s/he wanders*
errō: *I wander: I am wandering*
errores: *wanderings*
es: *you are*
esne: *are you?*
esse: *to be*
est: *s/he is*
estis: *you (pl.) are*
estne: *is s/he?*
et: *and*
eu: *fine; well done (ironic)*
eunt: *they go*
Euryloche: *o Eurylochus*
Eurylochum: *Eurylochus*
Eurylochus: *Eurylochus*
ēvenit: *is happening*
ēvēnit: *happened*
exit: *s/he goes out of*
explōrāte: *explore!*
extrā: *outside*

F
fābula: *story; narrative*
fābulam: *story; narrative*

facit: *s/he makes*
familia: *family*
familiam: *family*
fēlīx: *lucky; fortunate*
fēmina: *woman*
fēminae: *women*
fēminam: *woman*
fessa: *tired; weary*
fessī: *tired; weary*
fessus: *tired; weary*
fīlī: *o son!*
fīlia: *daughter*
fīliō: *to/for the son*
fīlium: *son*
fīlius: *son*
fit: *s/he becomes*
flēns: *while crying; while weeping*
flet: *s/he cries; s/he weeps*
fluit: *it flows*
flūmen: *river*
Flūmen Ĭgnium: *River of Fires*
Flūmen Lacrimārum: *River of Tears*
flūmina: *rivers*
fluunt: *they flow*
flūxit: *it flowed*
fortasse: *perhaps*
fortis: *strong*
fossā: *trench*
fossam: *trench*
fragmenta: *fragments*
frūctibus: *with fruits*
frūctibus comēsīs: *with the fruits having been eaten*
frūctūs: *fruits*
fulmen: *thunderbolt*

G
gladium: *sword*
Graecā: *Greek*
Graecī: *Greeks*
Graeciam: *Greece*
grātiās: *thanks*
grunnīre: *to grunt like a pig*
grunnit: *s/he grunts like a pig*
grunniunt: *they grunt like a pig*
gurgite: *whirlpool; with a whirlpool; by the whirlpool*
gurgite sorbet: *swallows with a whirlpool*
gurgitem: *whirlpool*

H
habēbis: *you will have*
habēbitis: *you (pl.) will have*
habent: *they have*
habeō: *I have*
habēre: *to have*
habēs: *you have*
habet: *s/he has*
habētis: *you (pl.) have*
habitābat: *s/he was living*
habitant: *they live*
habitat: *s/he lives*
Helena: *Helen (Queen of Sparta and wife of Menelaus)*
Hercules: *Hercules*
Hesperia: *western; of the west*

Hesperiā: *western; of the west*
Hesperiam: *western; of the west*
hodiē: *today*
hominēs: *human beings*
hominis: *of a human being*
hominum: *of human beings*
hōram: *hour*
hōrās: *hours*

I

iam: *now; already*
iam diū: *for a long time now*
iānua: *door*
iānuam: *door*
ībō: *I will go*
īgnium: *of fires*
ignōsce mihi: *forgive me; I'm sorry*
illa: *she; that (one)*
ille: *he; that (one)*
illī: *they; those (men)*
illum: *him; that (one)*
in: *in; into; on*
incantātō: *enchanted; having been enchanted; bewitched; having been bewitched*
incantātus: *enchanted; bewitched*
īnfāns: *baby*
īnfēlīx: *unlucky; unfortunate*
īnfirmissimus: *very weak*
īnfirmus: *weak*
īnsānus: *insane*

īnsula: *island*
īnsulā: *island*
īnsulam: *island*
inter: *between*
interdiū: *during the day*
interfēcērunt: *they killed*
interfectūrum esse: *about to kill*
interfectūrus est: *he is about to kill*
interfectus sum: *I was killed*
interficere: *to kill*
interficiam: *I will kill*
interficiēmur: *we will be killed*
interficient: *they will kill*
interficientur: *they will be killed*
interficiēs: *you will kill*
interficiet: *s/he will kill*
interficiunt: *they kill*
interficiuntur: *they are killed; they are being killed*
Iove: *Jupiter*
īrāscātur: *s/he might be angry*
īrāscitur: *s/he is angry*
īrātissimus: *very angry*
īrātum: *angry*
īrātus: *angry*
īre: *go; to go*
īs: *you go; you are going*
it: *s/he goes*
iterum: *again*
Ithaca: *Ithaca*
Ithacā: *Ithaca*

memoriā: *with (his/her) memory*

memoriā tenet: *holds with (his/her) memory (i.e., remembers)*

Menelāus: *Menelaus (King of Sparta and husband of Helen)*

meōs: *my*

Mercurī: *o Mercury*

Mercuriī: *of Mercury*

Mercurium: *Mercury*

Mercurius: *Mercury*

metū: *by fear*

metū capitur: *s/he is seized by fear*

metū capiuntur: *they are seized by fear*

metū captus sum: *I was seized by fear*

meum: *my*

meus: *my*

mī: *o my*

mihi: *to/for me*

Minerva: *Minerva*

Minervae: *to Minerva*

Minervam: *Minerva*

minimē: *no*

mīrantur: *they are amazed at; they are astonished by*

mīrātur: *s/he is amazed at; s/he is astonished by*

mīsistī: *you sent*

mīsit: *s/he sent*

mittit: *s/he sends*

mōnstra: *monsters*

mōnstrum: *monster*

Monte Olympō: *Mount Olympus*

Montem Olympum: *Mount Olympus*

mortua: *dead*

mortuī: *dead*

mortuus: *dead*

movent: *they move*

movet: *it moves*

mox: *soon*

mūgiunt: *they moo*

multa: *many*

multae: *many*

multās: *many*

multī: *many*

multīs: *many*

multōs: *many*

multum: *a lot; a lot (of)*

mussat: *s/he whispers*

mūtā: *change!*

mūtantur: *they are changed*

mūtātī sunt: *they were changed*

mūtātur: *s/he is changed*

mūtet: *s/he might change*

N

nātus est: *he was born*

nāve: *ship*

nāvem: *ship*

nāvēs: *ships*

nāvigā: *sail!*

nāvigābimus: *we will sail*

nāvigābis: *you will sail*

nāvigābitis: *you (pl.) will sail*

nāvigāmus: *we sail; we are sailing*

nāvigant: *they sail*
nāvigāre: *to sail*
nāvigās: *you sail; you are sailing*
nāvigāte: *sail!*
nāvigāvit: *s/he sailed*
nāvigēmus: *let's sail*
nāvis: *ship*
nē: *lest*
necesse: *necessary*
Neptūne: *o Neptune*
Neptūnī: *of Neptune*
Neptūnum: *Neptune*
Neptūnus: *Neptune*
nesciō: *I don't know*
nescit: *s/he doesn't know*
nesciunt: *they don't know*
Nestor: *Nestor (King of Pylos)*
nihil: *nothing*
nisi: *unless; if (you will) not*
nōbīs: *to/for us*
nōbīscum: *with us*
noctem: *night*
noctū: *during the night*
nōlī: *don't!*
nōlīte: *don't!*
nōlō: *I don't want*
nōmen: *name*
nōmine: *by name*
nōn: *not*
nōn iam: *no longer*
nōs: *we; us*
nostra: *our*
nostram: *our*
nostrī: *our*
nostrōs: *our*
novem: *nine*

nūbe: *marry!*
nūbet: *she will be married (to)*
nunc: *now*
nūntius: *messenger*
nympha: *nymph; minor/ lesser goddess*
nymphae: *of the nymph; of the minor/lesser goddess*

O

obscūrum: *dark*
omnēs: *all; everyone*
oportet: *it is necessary; it is fitting*
oportet Sōlem lūcēre: *the Sun needs to shine*
orbem terrārum: *earth*
Orcī: *of the Underworld*
Orcō: *the Underworld*
Orcum: *the Underworld*
Orcus: *the Underworld*
ōscula: *kisses*
ovēs: *sheep*
ovibus: *sheep*

P

parce: *refrain from!*
parce metū: *refrain from fear! don't be afraid!*
parcite: *refrain from!*
parcite metū: *refrain from fear! don't be afraid!*
pars: *part*
pater: *father*
paucī: *few*
Pēnelopē: *Penelope*
Pēnelopēn: *Penelope*
per: *through*

perīculōsum: *dangerous*

petāmus: *let's seek; let's search for*

petēbās: *you were seeking; you were searching for*

petendam: *seeking; searching for*

petendum: *seeking; searching for*

petere: *to seek; to search for*

petō: *I seek; I am seeking; I search for; I am searching for*

Phlegethōn: *Phlegethon (river)*

Phlegethontem: *Phlegethon (river)*

Polyphēmum: *Polyphemus (cyclops)*

Polyphēmus: *Polyphemus (cyclops)*

pōnite: *place! put!*

pōnunt: *they place; they put*

porcī: *pigs*

porcōrum: *of pigs*

porcōs: *pigs*

porcum: *pig*

porcus: *pig*

possum: *I can; I am able*

possunt: *they can; they are able*

post: *after; behind*

post terga: *behind (our) backs (i.e., behind us)*

posteā: *afterwards*

postquam: *after*

posuistī: *you placed; you put*

potes: *you can; you are able to*

potest: *s/he can; s/he is able to*

pōtiō: *drink; potion*

pōtiōnem: *drink; potion*

praeter: *except*

Priamī: *of Priam (King of Troy during the Trojan War)*

prīmum: *first*

prīmus: *first*

prope: *near*

pulcherrima: *very beautiful; most beautiful*

pulcherrimae: *very beautiful; most beautiful*

pulcherrimam: *very beautiful; most beautiful*

pulcherrimum: *very beautiful; most beautiful*

pulchra: *beautiful*

pulchrī: *beautiful*

pulsat: *s/he strikes*

pulsātur: *it is struck*

pūniam: *I will punish*

pūniēbat: *s/he was punishing*

pūniendus est: *he should be punished*

pūnīre: *to punish*

pūnītus est: *he was punished*

Q

quā: *which; what*

quā dē causā: *for what reason? why?*

quam: *how*

quam ēloquēns: *how eloquent*
quārtus: *fourth*
quattuor: *four*
quī: *which*
quia: *because*
quid: *what?*
quis: *who?*
quisquis: *whoever*
quō: *where (to)?*
quō tu īs: *where are you going?*
quōmodo: *how?*
quoque: *also*

R

rāmī: *branches*
rāmō: *branch*
rāmōs: *branches*
rāmum: *branch*
rapidē: *quickly*
rate: *raft*
ratem: *raft*
ratis: *raft*
redeāmus: *let's return*
redeunt: *they return*
redī: *return!*
redībimus: *we will return*
redit: *s/he returns*
redīvērunt: *they returned*
redīvit: *s/he returned*
reliqua: *remaining*
reliquī: *remaining*
reliquōs: *remaining*
removent: *they remove*
removet: *s/he removes*
respondēns: *while responding*

respondērunt: *they respond*
respondet: *s/he responds*
respondistī: *you responded*
respondit: *s/he responded*
rēx: *king*
rogat: *s/he asks*

S

sacrificat: *s/he sacrifices*
salit: *s/he jumps*
salvē: *hello*
salvēte: *hello*
sanguinem: *blood*
sanguis: *blood*
satis: *sufficiently*
satis pūnītus est: *he has been sufficiently punished (i.e., he has experienced enough punishment)*
saxō: *rock*
saxum: *rock*
sciō: *I know*
scīsne: *do you know?*
scit: *s/he knows*
Scylla: *Scylla*
Scyllae: *of Scylla*
Scyllam: *Scylla*
sē: *she; itself; themselves*
sē movent: *they move themselves (i.e., they move)*
sē movet: *it moves itself (i.e., it moves)*
secunda: *second*
secundum: *second*
secundus: *second*
sed: *but*

sellam: *chair*
semper: *always*
sex: *six*
sī: *if*
sīcut: *like; as*
significat: *it signifies (i.e., it means)*
signum: *sign*
silentiō: *silence*
silentium: *silence*
sine: *without*
sinistrā: *on the left (hand); on the left (side)*
sinistram: *left (hand); left (side)*
sint: *they might be; they are*
Sīrēnēs: *Sirens*
Sīrēnum: *of the Sirens*
Sīsyphus: *Sisyphus*
sit: *s/he might be; s/he is*
socī: *o companion; o ally*
sociī: *companions; allies*
sociōs: *companions; allies*
Sōl: *sun god*
sōla: *alone*
Sōlem: *sun god*
Sōlī: *to the sun god*
Sōlis: *of the sun god*
sōlus: *alone*
sonitus: *loud sound; loud noise*
sorbet: *it swallows; it sucks in*
sorbuit: *it swallowed; it sucked in*
spectāns: *while watching*
spectant: *they watch*
spectat: *s/he watches*
spēluncā: *cave*

spēluncam: *cave*
statim: *immediately; at once*
statuās: *statues*
stēllae: *stars*
stēllās: *stars*
stultī: *stupid; foolish*
stultum: *stupid; foolish*
stultus: *stupid; foolish*
suam: *his*
sub: *under*
subitō: *suddenly*
subrīdēns: *while smiling*
subrīdent: *they smile*
subrīdentēs: *smiling*
subrīdet: *s/he smiles*
sum: *I am*
sumus: *we are*
sunt: *they are*
super: *above; over*
suspīrāns: *while sighing*
suspīrat: *s/he sighs*

T

tamen: *nevertheless*
tandem: *finally; at last*
Tantalus: *Tantalus*
tē: *you*
tēctō: *roof*
tēctum: *roof*
tēlam texit: *weaves the loom (i.e., weaves on a loom)*
Tēlemachus: *Telemachus*
templum: *temple*
tempore: *time*
tenēns: *holding; while holding*
tenet: *s/he holds*

94

terga: *backs*
terra: *land*
terrā: *land; by the land*
terram: *land*
tertium: *third*
tertius: *third*
texens: *weaving; while weaving*
tēxentem: *weaving*
texit: *s/he weaves*
tibi: *to/for you*
Tīresiā: *o Tiresias*
Tīresiae: *of Tiresias; by Tiresias*
Tīresiās: *Tiresias*
tollēns: *lifting; raising; while lifting; while raising*
tollit: *s/he lifts; s/he raises*
tōta: *whole; entire*
tōtam: *whole; entire*
trāns: *across*
tredecim: *thirteen*
trēs: *three*
tria: *three*
Trōiae: *in Troy*
Trōiam: *Troy*
tū: *you*
tua: *your*
tuā: *your*
tuam: *your*
tuī: *your*
tuum: *your*
tuxtax: *a sound imitating blows*

U
ubi: *where?*

Ulixe: *Odysseus (Ulysses); with Odysseus (Ulysses)*
Ulixe dormiente: *with Odysseus (Ulysses) sleeping*
Ulixem: *Odysseus (Ulysses)*
Ulixēs: *Odysseus (Ulysses)*
Ulixī: *to Odysseus (Ulysses)*
Ulixis: *of Odysseus (Ulysses)*
umbra: *ghost*
umbrae: *ghosts*
umbram: *ghost*
umbrās: *ghosts*
umbrīs: *ghosts*
ūna: *one*
ūnam: *one*
ūndecim: *eleven*
ūnum: *one*
ūnus: *one*
uxor: *wife*
uxōrem: *wife*

V
valē: *goodbye*
valēte: *goodbye*
venī: *come!*
venient: *they will come*
veniēs: *you will come*
venīre: *to come*
vestram: *your (pl.)*
vestrīs: *your (pl.)*
vīcērunt: *they overcame; they conquered*
vīcimus: *we overcame; we conquered*
vidēbās: *you were seeing*

vidēbat: *s/he was seeing*
vidēbimus: *we will see*
vidēns: *seeing; while*
    seeing
vident: *they see*
videntēs: *seeing; while*
    seeing
videō: *I see*
videt: *s/he sees*
vīdī: *I saw*
vincenda sit: *should (she)*
    be overcome; should
    (she) be conquered
vincendam: *overcoming;*
    conquering
vīnī: *of wine*
vir: *man*
virgam: *wand*
virī: *of a man; men*
virum: *man*
vīsne: *do you want?*
vōbīs: *to you (pl.)*
volō: *I want*
volunt: *they want*
vomit: *it vomits; it spews*
vōs: *you (pl.)*
vōx: *voice*
vulnerāvistī: *you injured*
vult: *s/he wants*

About the Author

Brian Gronewoller (PhD, Emory University) teaches historical theology at Candler School of Theology (Emory University) and communicative Latin, theology, and political philosophy at Hebron Christian Academy (Dacula, Georgia). When he is not frozen in awe of his wife's incredible skills as a pediatric nurse, he can be found working in his woodshop, cheering for the Denver Broncos, or reading Augustine of Hippo. His favorite Latin word is currently *odobenus.*

About the Illustrator

Parker Gronewoller is a high school student in Dacula, Georgia. She attends Mill Creek High School and will graduate in 2022. She is active on the Gwinnett Student Leadership Team and plans to pursue a career in the medical field after college. She loves to paint, shop, and spend quality time with her dog, Genevieve. Her favorite Latin word is currently *plusquamperfectum.*

About the Storybase Books Series

Storybase Books is a series designed to help beginners learn Latin by reading engaging stories from Greek and Roman mythology and history. All books have been tested in a classroom setting with beginner-level Latin students and contain a limited vocabulary. Meanings for many words are provided in footnotes and a full index of all words, word forms, and phrases is included in each novella. Readers can thus use each book on their own, with others, or with a class.

FABULAE EPICAE

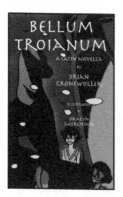

Vol. 1: *Bellum Troianum*
(*The Trojan War*)

The gods and goddesses of Mount Olympus are enjoying themselves at a party when, suddenly, an apple addressed "to the most beautiful" appears in their midst. The ensuing fight for the apple between Juno, Minerva, and Venus soon spills over to earth and pulls Paris, Helen, Menelaus, Agamemnon, Hector, and Achilles into ten years of war between Greece and Troy.

Total Words: 5500
Unique Words: 270[1]
Base Vocabulary: 151[2]
Level: Latin II (GT[3])
Level: Latin II/III (C[4])

Vol. II: *Errores Longi Ulixis, Pars I*
(*The Long Wanderings of Odysseus, Part I*)

After ten years of war the Greeks have finally conquered Troy and are ready to sail home. Their actions following the victory, however, have angered Neptune and Minerva. And Odysseus (Ulysses), Eurylochus, and Elpenor are about to learn that angry gods and goddesses can turn a brief cruise across the Mediterranean into a long adventure as they wander through unknown lands filled with strange fruit, cannibals, and monsters.

Total Words: 4500
Unique Words: 235
Base Vocabulary: 88
Level: Latin I/II (GT)
Level: Latin I/II (C)

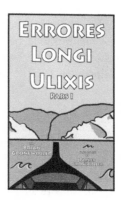

---

[1] Unique Words signifies Total Words less forms of the same word, cognates, and proper nouns.
[2] Base Vocabulary signifies Unique Words less words that are glossed in the text.
[3] Recommended level for classes using grammar and translation methods.
[4] Recommended level for classes using communicative methods.

Vol. III: *Errores Longi Ulixis, Pars II*
(*The Long Wanderings of Odysseus, Part II*)

Odysseus (Ulysses) and his companions have been trying to sail home from the Trojan War for more than a year. Angry gods and goddesses, however, have sent them wandering through dangerous and unfamiliar lands. Most of the crew has perished. Only one ship has survived. And a mysterious enchantress has transformed many of the survivors into pigs. Now, Odysseus, Eurylochus, and Elpenor must overcome nymphs, ghosts, monsters, the gods, and a trip to the Underworld, if they ever want to see their beloved island of Ithaca again.

Total Words: 4500
Unique Words: 290
Base Vocabulary: 145
Level: Latin I/II (GT)
Level: Latin II (C)

Coming Soon! Vol. IV: *Errores Longi Ulixis, Pars III*
www.simplicianuspress.com/storybase-books

Made in the USA
Monee, IL
26 June 2022